給　孩　子　的　第　一　本　經　典

傲慢與偏見

Pride and Prejudice

親子圖文本

平凡中的魅力

英國小說家珍．奧斯汀（一七七五～一八一七）並沒有受過正規的教育，但是生活在充滿文學氣息的家庭環境中，讓她愛上了閱讀、寫作。

二〇〇〇年英國BBC電臺做了一次名為「千年作家」的評選活動，珍．奧斯汀在評選中排名第二，也是前十名中唯一的女作家。

由於她一生幾乎都居住在鄉村，因此她的所有作品也都是以鄉村生活為背景，描述中產階級紳士和淑女的生活、愛情和婚姻。

《傲慢與偏見》就是這樣一本小說，也是她的代表作。小說中一共描寫了四對戀人的婚姻，分別是伊麗莎白和達西、珍和賓利、夏洛特和柯

林斯以及莉蒂亞跟韋克翰。珍．奧斯汀藉由此書，丟出了一個問題，究竟什麼樣的婚姻，才算是真正幸福的婚姻？

小說中並沒有太過戲劇性的情節，有的只是簡單而細膩的描寫。或許有人會覺得故事有點平淡無奇，但不可否認的是，作者就是在如此樸實、細緻的筆法下，創造出了許多活靈活現的人物，讓讀者隨著他們的喜怒哀樂，體驗最真實的人生。

這也就是珍．奧斯汀與眾不同的地方，她總是將平凡的人事物，以最平實的手法呈現，卻讓人一讀再讀，回味無窮。

珍．奧斯汀所生活的時代，其實發生了不少戰亂以及歷史事件，但是她卻選擇避開這些，用自己的筆，平靜的描述著平凡人的日常生活，這或許正是她小說的魅力所在吧！

◆**達西**

經常被人誤以為很傲慢，其實為人真誠、穩重、舉止高貴且富有。

◆**伊麗莎白．班奈特**

班奈特家二姊，聰明、活潑、風趣、有主見，而且言語犀利。

◆**韋克翰**

俊帥的外表加上談吐得體，讓人以為他是個好青年，其實好高騖遠、不切實際。

珍．班奈特

班奈特家大姊，漂亮、善良且個性溫和內斂。

賓利

英俊、斯文、平易近人，而且為人有禮，很討人喜歡。

凱薩琳夫人

達西的姨媽，控制欲強，一直很想將女兒嫁給達西。

目錄

第一章　誤會叢生

1. 單身漢賓利

某天，班奈特太太對她的丈夫說：「尼日斐花園終於租出去了！」

班奈特先生聽了，沒多說什麼。

「你不想知道房子被誰租走嗎？」班奈特太太不耐煩的說，「朗格太太說，是一個從英格蘭北部來的有錢少爺。」

「他叫什麼名字？」

「賓利。」

「他結婚了嗎？還是單身？」

「是個有錢的單身漢！每年都有四、五千英鎊的收入。這對我們女兒來說，真是個好消息！」

「這跟我們女兒有什麼關係？」

班奈特太太叫了起來：「我正打算把其中一個女兒嫁給他！你一定要去拜訪他！」

對於拜訪賓利先生，班奈特先生雖然一開始一點興趣也沒有，但最後還是照辦了。

2. 舞會風波

過了幾天，賓利先生上門回訪，卻沒見到班奈特府上的小姐們。於是班奈特家又邀請他來家裡吃飯，但可惜的是他因為要進城而無法前往。

不久之後，在尼日斐花園舉辦舞會的當天，大家除了見到賓利先生，還見到了他的兩個姊妹、姊夫，以及好朋友達西先生。

賓利先生長相英俊、平易近人，所有人都喜歡他，他的姊妹也都美麗而優雅，姊夫赫斯特先生則是個不起眼的普通紳士。

而賓利先生的朋友達西先生，身材高大、舉止高貴，引起了全場的注意。他進場沒多久，大家就紛紛傳說他每年有一萬英鎊的收入。在場的賓客，不論男女，都覺得他不但有錢，而且一表人才，直到發現他態度傲慢、對人愛理不理、非常難接近，才轉移了對他的注意力。

舞會中男士比較少，班奈特家的二姊伊麗莎白，有兩支舞都沒有人邀請，便坐在一旁休息。

當時，達西先生正好站在她身旁，賓利先生特地走到達西先生面前，想要拉他去跳舞。

伊麗莎白因此聽到他們的談話內容——

「達西先生，去跳舞吧。」賓利先生說。

「你知道我不喜歡跳舞！跟熟人跳就算了，偏偏你的姊妹都被邀請了。舞池裡的其他女人，我根本沒興趣！」

「你太挑剔了！今天晚上有這麼多美麗的女孩！」賓利先生嚷著。

「今晚唯一的漂亮女孩，就是你的舞伴！」達西先生邊說邊望著班奈特家的大女兒珍。

「她妹妹也很漂亮，個性很好，就坐在你後面，要不要幫你介紹一下？」

「你說的是哪一位？」達西先生轉過身，望了伊麗莎白一眼，冷冷的說，「她還可以，不過沒有漂亮到能打動我的地步。」

賓利先生見達西先生無動於衷，就默默回到舞池，於是達西先生也走開了，只有伊麗莎白繼續坐在原處。

伊麗莎白的個性很活潑、開朗，對可笑的事情特別有興趣，所以雖然對達西先生沒有一點好感，還是把整件事當笑話講給她的朋友聽。

3. 賓利與珍

舞會之後不久，班奈特家的小姐就去尼日斐花園作客，而對方也照例回訪了她們。

賓利先生的姊妹雖然覺得珍的媽媽庸俗得讓人無法忍受，幾個小妹妹也很膚淺，但她們還是願意與珍和伊麗莎白進一步來往。

對於能被賓利先生的姊妹喜愛，珍很高興。不過，伊麗莎白還是不喜歡她們，因為她看出她們對待任何人的態度都很高傲，甚至對珍也一樣。

賓利姊妹會對珍好，其實都是因為賓利先生，因為任何人都看得出來，他是真心喜歡珍。

伊麗莎白也很清楚，她姊姊從一開始就對賓利先生有好感，希望能討他歡心。幸好，珍仍然保持著理性，對賓利先生的態度也沒有什麼特別之處，所以不至於會讓別人猜疑。這讓伊麗莎白感到很欣慰，不禁想起曾經跟好朋友夏洛特·盧卡斯談過這件事——

「我想賓利先生是真心喜歡你姊姊，但是，如果你姊姊不表現出來，推他一把，他也許就不會有接下來的行動了。」夏洛特說。

「可是連我都能看出她對賓利先生的好感，要是他還感覺不到，那也太笨了。」

「伊麗莎白，別忘了，他可能沒有你那麼了解珍。」

伊麗莎白一直關心著賓利先生和姊姊的事，以至於一點都沒發現，達西先生正偷偷的注意自己。

一開始，達西先生的確不覺得伊麗莎白是什麼大美女，所以在舞會上見到她時，還很不客氣的挑剔她。可是沒過多久，他就發覺伊麗莎白其實很漂亮，而且聰明又風趣，很快的就被她迷住了。

不過，達西先生的這些想法，伊麗莎白完全不知道。對她來說，達西先生是一個很自以為是，也不討人喜歡的男人，而且他還覺得自己不漂亮，不配跟他跳舞呢！

4. 尼日斐花園探病

這天，從尼日斐花園送來了一封信給珍。

「珍，是誰來的信？」班奈特太太心急的問。

「是賓利小姐的來信，她邀請我到尼日斐花園共進晚餐！」珍很開心的說。

接著，在班奈特夫人的堅持下，珍捨棄搭乘馬車，獨自騎著馬前去。原因是，只要天氣變糟，珍就無法騎馬回來，這樣一來，就能留宿在尼日斐花園了。

所以班奈特夫人送珍到門口時，還說了許多預祝天氣會變壞的話。

而她的願望很快就實現了，珍剛走沒多久，馬上就下起大雨。整個晚上大雨都沒停過，珍當然也就沒辦法回去了。

第二天早上，珍請人從尼日斐花園送了一封信回家給伊麗莎白。

親愛的伊麗莎白，今天早上我覺得很不舒服，應該是昨天淋了雨的關係。這裡的朋友都很關心我，要我等到身體好一點再回家。他們堅持要請鍾斯醫生來替我看病，所以，你們如果聽說他到我這兒來過，千萬不要大驚小怪。我其實只是喉嚨痛和頭有點痛，並沒有什麼大不了的毛病……。

班奈特先生聽伊麗莎白讀完信中的內容，忍不住對他太太抱怨：「我的好太太，要是你的女兒得了什麼重病，或是因為病重而送了命，我看你才會滿意吧？那都是你要她去追求賓利先生的緣故！」

「傷風感冒哪會送命？只要她乖乖待在那兒，人家自然會把她伺候得好好的。」

伊麗莎白沒心情聽她父母鬥嘴，只是一心擔心著珍的病情，因此決定親自去一趟尼日斐花園。

可是家裡現在沒有車，她又不會騎馬，唯一的選擇就只有步行了。

雖然家人都覺得她的決定很衝動，但她還是走了三英里路到尼日斐花園。於是她滿臉通紅、雙腳無力，襪子上也沾滿了汙泥。

當伊麗莎白被僕人領進餐廳時，賓利先生全家人和達西先生都在場，只有珍不在。大家都被她的樣子嚇到了，這麼一大清早的，路上又都是泥濘，她竟然走了這麼長的路，而且還是一個人趕來的。

伊麗莎白急忙問著姊姊的病情，這才知道，珍昨晚根本沒睡好，現在雖然醒著，卻還在發燒。

珍本來就希望能有個親人來看看她，當她見到伊麗莎白的時候，高興得不得了。而伊麗莎白見到珍，也安心了不少，不過見她沒力氣多說話，便靜靜的陪著她。

當鐘響三下時，伊麗莎白覺得自己應該離開了，可是珍說捨不得她走，於是賓利小姐便請她留下來，在尼日斐花園小住一陣子。

伊麗莎白很感激的答應了。

在尼日斐花園的這段日子，伊麗莎白發現只有賓利先生是真心關心珍的病情，他的姊妹態度則是十分冷淡，注意力全都在達西先生身上。所以伊麗莎白只覺得他更加討厭了。

但是達西先生並不知道伊麗莎白討厭自己，反而做出了一個自認為聰明的決定——絕對不能讓伊麗莎白知道自己喜歡她。

本來，珍在病情好轉之後，覺得打擾太久，也想念家人，便決定要離開。可是禁不住挽留，又將離開的時間往後延。

到了星期天早上，做過晨間禱告以後，珍和伊麗莎白再次提出想要回家的想法，兩人才終於告別了停留多日的尼日斐花園。

誤會叢生

基本上，英國鄉村舞蹈的形式有好幾種，其中一種是男生和女生面對面各排成一列，跟著音樂的流轉，所有人有秩序的換位，舞步簡單卻又整齊。期間，還可以趁機攀談呢。

趣味知識加油站

英國鄉村舞蹈小常識

《傲慢與偏見》的故事裡，主角們經常參加舞會，你知道他們跳的是哪一種舞蹈嗎？

書中主角們在舞會中跳的舞蹈，是以交誼為目的英國鄉村舞蹈，起源於十六世紀，女王伊麗莎白一世的時候。首先從宮廷流傳到倫敦市的中產階級，接著再向周邊蔓延。

第二章　認識韋克翰

1. 遺產繼承人

吃早飯的時候，班奈特先生對他的太太說：「我的財產繼承人、那位從沒見過的柯林斯寫信來，說他在公爵路易斯的遺孀——凱薩琳夫人——幫助下，擔任教區的牧師。他今天要來拜訪，並住上幾天。」

班奈特太太叫了起來：「別跟我提他！我們的財產不能由五個親生女兒繼承，卻要白白送給一個陌生人，真是太沒有道理了！」

一想到財產要由外人繼承，班奈特太太就一肚子火，直到聽了信中的內容，才漸漸心平氣和下來。

下午，柯林斯先生準時到達，他一坐下來，就誇獎班奈特家的小姐，讚美她們如傳聞般貌美，而班奈特太太則是沉不住氣問了關於財產繼承的事，於是他說：「我今天來這裡，除了向各位小姐表達愛慕之外，也是為此事而來，但我想等我們更熟一點的時候，再詳細報告……。」

柯林斯先生雖然不是個聰明人，但是，他現在擁有一幢相當不錯的房子，而且擔任牧師的收入也很好，所以有了結婚的念頭。這次前來拜訪，主要就是為了在班奈特家的幾個漂亮小姐中，找一個當太太。

從一看見珍那張可愛的臉，柯林斯先生就確定自己這次來對了。不過，第二天早上，自班奈特太太那裡知道珍已經有了對象，他便改變主意，選了伊麗莎白。因為不管年齡還是美貌，伊麗莎白都只比珍差一點點，自然是第二的人選了。

班奈特太太知道柯林斯先生的想法後，覺得很高興，深信很快就可以嫁出去兩個女兒。如果柯林斯先生和伊麗莎白結婚，財產的事也會有比較好的結果，至少繼承者是自己的女婿。

2. 韋克翰與達西碰面

這一天班奈特姊妹要到梅里屯的姨媽家，柯林斯先生也跟著一起去。到了梅里屯，正好遇見民兵團的軍官丹尼先生和一位年輕人在街上散步，他看到班奈特家的小姐從對面走過，馬上向她們行了個禮，可是大家卻都被他身邊的那位年輕人給吸引了。

丹尼先生將朋友韋克翰先生介紹給她們認識，還告訴她們，韋克翰先生跟他一起從城裡回來，也是同團中的軍官。

韋克翰先生五官英俊、身材高大，加上談吐得體，處處都讓人著迷。經過介紹後，他便開心並且誠懇的和小姐們聊天，言談舉止都讓人覺得他是個正直的好人。

正當大家聊得高興的時候，一陣馬蹄聲打斷了他們的談話。只見達西先生和賓利先生騎著馬，來到班奈特姊妹面前。

雙方互相打過招呼後，達西先生這才看到了韋克翰先生。

兩人目光接觸，都嚇了一跳，一個面色慘白，一個滿臉通紅。好一會，韋克翰先生才按了按帽子向達西先生行禮，達西先生也勉強回了一下禮。

細心的伊麗莎白剛好注意到這一幕，心裡感到非常奇怪。

3. 韋克翰的過去

第二天，班奈特姊妹和柯林斯先生又去姨媽家吃晚飯，姨媽也邀請了韋克翰先生。他一走進來，伊麗莎白就覺得，他的確非常出色，怪不得所有在場的女孩，包括自己，都對他充滿好感。

韋克翰先生是當天最出鋒頭的男子，每個女人的眼光都盯住他不放；伊麗莎白則是當天最有面子的女子，因為韋克翰先生最後在她身旁坐了下來，熱情而得體的跟她交談。

韋克翰先生溫和有禮、討人喜歡的態度，讓伊麗莎白感覺到就算是最平凡、最無聊的話題，只要說話的人有技巧，一樣可以說得有趣又動聽。

伊麗莎白想起前一天韋克翰先生和達西先生的奇妙互動，很想問個清楚，卻又不知道該怎麼開口，沒想到韋克翰先生自己卻先提起了。

「達西先生到尼日斐花園多久了？」韋克翰先生問。

「大概一個月吧。他是德比郡的一個大財主。」伊麗莎白回答。

「沒錯，他每年大概有一萬英鎊的收入。我會這麼清楚是因為，我從小就和他家有著特別的關係。」韋克翰先生說。

伊麗莎白聽了十分驚訝。

「你昨天應該看到我們見面時那種冷冰冰的態度吧？班奈特小姐，你和達西先生很熟嗎？」

「我和他相處過幾天，他很不討人喜歡。除了尼日斐花園的人，大家都看不慣他那種目中無人的模樣。」伊麗莎白氣惱的說。

沉默了一會，韋克翰先生才又說：「一開始，人們只覺得他有錢有勢，慢慢認識他之後，才發現他不但驕傲自大還目中無人。」

「我覺得他脾氣很壞。」伊麗莎白說。

韋克翰先生點點頭，說：「我只想讓大家知道他讓我多痛心。我和達西先生從小就認識，他去世的父親是我遇見過最好的人。可是，達西先生對待我的行為實在太惡劣了！不過，這一切我都可以原諒，但我不能容忍他辜負了他父親的期望。」

韋克翰先生接著說：「這裡的人很好，是我喜歡這個郡的主要原因。我會到這裡來，是因為我知道這支部隊很有聲望，也很受到大家的喜愛，以及我的朋友丹尼極力勸我。其實，我本來想當牧師，可惜我得罪了達西先生，不然現在就有一份不錯的收入了。」

「真的嗎？」伊麗莎白瞪大眼睛的問。

「老達西先生的遺囑上寫得很清楚，只要牧師的職位一有空缺，馬上讓我接任。但是，達西先生卻懷疑父親的遺囑。」

伊麗莎白忍不住叫出聲：「竟然會有這樣的事！」

「那個牧師職位兩年前就空出來了，但達西先生把它給了另一個人。我不明白自己到底犯了什麼錯？可能是我心直口快，無意間說了一些不順他心意的話，甚至還當面頂撞過他，才會讓他懷恨在心吧。」

「那也不用這樣對你啊！」伊麗莎白不敢相信的說。

「都是因為嫉妒。要是老達西先生不對我這麼好，他也不會對我這麼差。他是個心胸狹窄的人，不能容忍我比他好。」韋克翰先生無奈的說。

「想不到達西先生是這種人！我原本以為他只是目中無人，沒想到他竟然這麼卑鄙！」

伊麗莎白深深為韋克翰先生的遭遇感到難過，對達西先生的印象又更差了。

4. 爭執

第二天，賓利先生和他的姊妹，特地前來邀請伊麗莎白她們參加下星期二在尼日斐花園舉行的舞會。

班奈特太太認為，這次舞會是專門為珍舉辦的，加上賓利先生還親自上門邀約，讓她感到非常得意。

舞會當天，伊麗莎白跳過幾支舞後，才剛回到好友夏洛特身邊跟她說話時，達西先生突然過來邀請她跳舞。

因為不好意思拒絕，伊麗莎白勉強起身和他跳了一支舞，之後，達西先生便離開了。不過沒過多久，達西先生又再次前來邀請她跳舞。

兩人都不知道說什麼，只短暫交談了一會，便陷入了沉默中。

好不容易，達西先生才又開口問：「伊麗莎白小姐是不是經常和姊妹到梅里屯去？」

「是的。」伊麗莎白忍不住接著說：「那天達西先生見到我們的時候，我們剛認識了一位新朋友呢！」

達西先生一聽，臉上馬上露出傲慢的表情，勉強回答：「韋克翰先生彬彬有禮，要交新朋友是一件很容易的事！但是，友誼能不能長存，就很難說了。」

「他真是不幸，竟然失去了您的友誼！」伊麗莎白故意加重語氣回應。

達西先生安靜聽著，沒有回答。

伊麗莎白又若無其事的說：「我聽到過很多關於您的事，可是不知道哪個才是真的。」

「我相信，不同的人對我一定都有不一樣的看法。班奈特小姐，我希望你不要在此時猜想我的人格。這對你我都沒什麼好處。」達西先生突然嚴肅的說。

「可是，如果我此時不去了解您，恐怕以後都沒有機會了。」

「如果是這樣，那就隨你的意吧！」達西先生冷冷的回答。

伊麗莎白沒有再說下去。兩人又跳了一支舞，就沉默的各自走開了。

過了一會，賓利小姐走到伊麗莎白面前，表情不悅卻又假裝有禮貌的對她說：「伊麗莎白小姐，剛剛你姊姊跟我問了許多關於韋克翰先生的事，聽起來你對他好像有好感，而他好像也跟你說了許多事情，可是我要告訴你，他說達西先生虧待他，那全是胡說八道！我以朋友的立場跟你說，千萬別聽信他！」

「聽你的說法，好像他做了什麼錯事，可是你好像也沒有說清楚，他到底有什麼錯。」伊麗莎白生氣的說。

「是嗎？真是抱歉！請原諒我的多管閒事，不過我可是好心呢。」賓利小姐說完轉身就走。

「真無禮！」伊麗莎白自言自語，「你以為我會因為你而影響我對韋克翰先生的看法嗎？」

第三章　賓利的離開

1. 柯林斯的求婚

舞會隔天一大早，柯林斯先生就正式向伊麗莎白求婚了！

柯林斯先生一開口就說：「我想結婚的原因有三個。首先，我認為像我這樣有錢又有地位的牧師，應該給全教區建立一個婚姻的好榜樣。第二，我相信結婚能帶給我幸福。第三，高貴的凱薩琳夫人，對我提出了結婚的建議。而且，令尊過世之後，我將會繼承他的財產，如果我娶了他的女兒，你們將來的損失就可以少一些。」

聽到這裡，伊麗莎白忍不住打斷他：「柯林斯先生，你太心急了吧！我根本沒有答應你的求婚！」

「我知道，年輕小姐對男人的第一次求婚，就算心裡答應，他還是會故意拒絕。我不會放棄的。」柯林斯先生一派輕鬆的說。

「你真是太莫名其妙了！我絕對不可能接受你的求婚！因為你不能帶給我幸福，我也不能讓你幸福。」

伊麗莎白氣呼呼的把話說完，轉身就離開了，留下柯林斯先生一個人。

班奈特太太知道女兒拒絕了柯林斯先生的求婚後，完全無法接受，想要軟硬兼施的說服伊麗莎白。

就在這個時候，夏洛特．盧卡斯小姐來了。

班奈特太太一見客人來了，馬上把事情告訴夏洛特小姐，並請求她好好勸勸伊麗莎白。

過了一會兒，柯林斯先生板著臉走了過來，不滿的對班奈特太太說：「親愛的夫人，這件事情，我們就不要再提了吧。希望您不要責怪我收回了對伊麗莎白小姐的求婚。」

自此，關於柯林斯先生的求婚鬧劇，差不多就結束了。

2. 賓利的離開

求婚事件隔天，珍收到一封從尼日斐花園寄來的信。

讀完信，她臉色難看的對伊麗莎白說：「這是卡洛琳．賓利小姐寫來的信，他們已經離開尼日斐花園，到城裡去了。」

聽見珍這麼說，原本擔心的伊麗莎白才鬆了一口氣，她還以為發生了什麼重大的事呢。

「這不就表示，賓利先生今年冬天是不會回來了。」珍失望的說。

「我認為，這不過是賓利小姐不讓他回來而已。」伊麗莎白推測。

「我覺得他不回來一定是他自己的意思，這件事情他完全可以自己作主。最讓我傷心的是這個，你聽聽看：『達西先生急著要回去探望他的妹妹，老實說，我們也很期待能盡快跟她重逢。喬治安娜．達西小姐不管容貌、舉止或才華，都沒有人能比得上。露意莎和我都非常希望她以後能成為我們家的一分子。對了，我好像沒跟你說過，我哥哥早就深深愛上達西小姐了，這次到了城裡，他們可以經常見面，相信我們不久就能聽到好消息了。』」珍讀完信，十分喪氣，「賓利的妹妹根本不希望我成為她的嫂子，也不認為她哥哥對我有什麼特別的感情。這封信的意思，就是要我趁早對她哥哥死心。」

「賓利小姐希望她哥哥跟達西小姐結婚，但是也看出他愛上了你，所以才會故意把他帶到城裡去，然後想盡辦法來欺騙你，讓你對她哥哥死心。」伊麗莎白說出自己的看法，安慰著珍，「相信我，只要見過你和賓利先生在一起的人，都不會懷疑他對你的感情。卡洛琳．賓利小姐也一定看出來了。她們兩姊妹只是覺得我們家不夠有錢，也沒什麼地位，所以希望賓利先生能娶達西小姐。你千萬不要因為這封信，就認為他不愛你，而是愛上了那位達西小姐！」

「要是今年冬天他還沒回來，那我也要死心了。六個月，這麼長的時間，什麼都可能改變。」珍煩惱的說。

伊麗莎白聽了，卻不這麼想，她相信賓利先生一定會回來。

3. 夏洛特答應求婚

這天，盧卡斯家邀請班奈特全家到府上吃飯，柯林斯先生也一同前往，夏洛特整天都陪著柯林斯先生說話，讓伊麗莎白非常感激。

可是夏洛特會這麼做，其實並不是為了伊麗莎白，她故意讓柯林斯和伊麗莎白保持距離，是有意讓柯林斯先生將關注轉移到自己身上。

於是一切如夏洛特所願，第二天一大早，柯林斯先生就來到盧卡斯家向她求婚。

柯林斯先生天生不討人喜歡，所以缺乏魅力的他不太能打動女人的心。按理來說，夏洛特一定會拒絕他。但是，為了柯林斯先生未來將會繼承的財產，她答應了。

小康家庭中，受過教育的年輕女子，總是把結婚當作唯一的出路，對夏洛特來說也是一樣。只要結了婚，她將來的生活就不用煩惱了。

隔天，夏洛特主動跟伊麗莎白說了接受柯林斯先生求婚的事。

伊麗莎白大吃一驚的說：「跟柯林斯先生結婚！我親愛的夏洛特，這怎麼可以呢！」

夏洛特有些尷尬和慌張，但是很快就鎮定下來，說：「親愛的伊麗莎白，你為什麼會這麼驚訝？難道他被你拒絕了，就該被全天下的女人拒絕嗎？」

聽完夏洛特的話，伊麗莎白才冷靜下來，心平氣和的祝他們婚姻幸福、白頭偕老。

「我並不是一個追求浪漫的人，只希望有一個舒舒服服的家。我相信，柯林斯先生的人品、性格、社會關係和身分、地位，絕對能讓我們的婚姻得到幸福。」夏洛特滿足的說。

聽見夏洛特這麼說，伊麗莎白只能平靜的回答：「當然。」

可是等到夏洛特告辭後，伊麗莎白為這門可笑的婚事難過了好久。

柯林斯先生在三天內求了兩次婚，已經夠稀奇了，更稀奇的是竟然會有人答應他，而且還是自己的好朋友！

4. 希望破滅

時間一天一天過去，還是沒有任何賓利先生的消息。現在連伊麗莎白也不由自主的擔心起來，她並不是害怕賓利先生變心，而是擔心他的姊妹會影響他。他那兩位無情無義的姊妹，加上那位超有控制欲的朋友達西先生，以及美貌與才華兼具的達西小姐，還有倫敦的一切，都有可能讓賓利先生再也不想回來了。

珍當然比伊麗莎白還要著急，但是她從來沒有把心事暴露出來，也不跟人家提起這件事。

過了一陣子，珍總算等到了卡洛琳·賓利小姐的來信，但信上第一句話就說，他們一家決定在倫敦過冬。

珍看到信中充滿虛情假意的關心，還有讚美達西小姐的話，她的希望徹底破滅了。

卡洛琳小姐還很高興的在信中說，她哥哥和達西小姐的關係，一天比一天親密，相信她在上一封信中提到的那些願望，一定可以實現。

伊麗莎白聽珍說了之後，又生氣又難過，不過她仍然相信賓利先生真正喜歡的人是珍。只是，伊麗莎白還是對他很失望，甚至看不起他。她沒有想到，賓利先生是一個這麼沒有主見的人，竟然會被姊妹和朋友操縱，以至於犧牲自己和珍的幸福。

過了一、兩天，珍才對伊麗莎白敞開心扉，忍不住的說：「對我來說，賓利先生只不過是個非常可愛的朋友。我對他沒有什麼期望，也沒有什麼擔憂，更沒有理由去責怪他。只要再給我一些時間，我一定能把他忘記的。」

然後，她們就很少再提起賓利先生。

上層：水果塔及小蛋糕。
中間：英式鬆餅——司康，
並附上果醬及奶油。
底層：各種口味的三明治。

點心則都是擺放在瓷盤內，並置於一個「三層架」上。食用的順序，是從下吃到上，也就是從鹹的開始吃到甜的。為了滿足大家的味蕾，有時候也會出現葡萄乾、魚子醬、牛角麵包等喔。

趣味知識加油站

由鹹吃到甜的英式下午茶

下午茶有吃到飽、有一杯飲料搭配單一甜點或鹹點，也有一種是用三層架裝盛點心的英式下午茶。你知道什麼是英式下午茶嗎？

據說，英國的貝德芙公爵夫人，在一八四〇年時，可能是因為真的有點餓，也或許是覺得有點無聊，總是在下午讓人準備紅茶、吐司以及奶油當作點心。之後，在午餐與晚餐中間品嘗茶點，便開始在英國貴族間流行了起來。

正統的英式下午茶，以紅茶為主，常見的有：伯爵、阿薩姆和大吉嶺。

第四章　難過的珍

1. 加德納夫婦前來

整整一個星期，柯林斯先生一邊忙著談情說愛，一邊忙著準備婚禮，到了星期六時，他雖然必須先離開幾天，不過，很快就可以回來迎娶夏洛特小姐了。

星期一，班奈特太太的弟弟和弟媳加德納夫婦到家裡來過耶誕節。加德納先生是一個商人，但是在個性和教養方面，都與他的姊姊很不一樣。加德納太太是一個聰明、文雅、和藹可親的女人，班奈特家的小姐都非常喜歡她。

班奈特太太見弟弟、弟媳來了，忍不住訴苦說，兩個女兒本來快要出嫁了，結果到頭來卻落得一場空。

這些事情，加德納太太之前都聽說了，所以便找了一個機會，單獨和伊麗莎白聊了一下。

「對珍來說，婚事沒了確實很可惜，不過，對賓利這種有錢少爺來說，見一個愛一個也不是什麼稀奇的事。」加德納太太說。

「我們難過的不是他變心，而是一個獨立的年輕人，本來跟一位小姐互相有好感，卻受到姊妹和朋友的影響，就把她拋棄了。這太讓人覺得莫名其妙啦！」伊麗莎白打抱不平的說。

「可憐的珍！我真替她難過。這樣好了，讓她到我倫敦的家去住一段時間，換換環境，說不定很快就能忘記這件傷心事。」

伊麗莎白馬上對這個建議表示贊成。

果然，珍十分樂意的接受了舅媽的邀請。她的想法是，到了倫敦，如果賓利先生沒有和他妹妹卡洛琳小姐住在一起，她偶而可以去找卡洛琳小姐玩，不必擔心會遇到她的哥哥。

2. 夏洛特的邀約

加德納夫婦來訪的一個星期裡，班奈特太太安排了不少聚會，也讓他們有機會認識了韋克翰先生。

伊麗莎白在宴會上總是熱烈稱讚韋克翰先生，加德納太太看在眼裡，忍不住好奇兩人的感情，所以離開前跟伊麗莎白談了一下，還告訴她這樣的關係，不適合繼續發展下去，因為韋克翰毫無財產基礎，一文不值，千萬要避免。

隔天，加德納夫婦就帶著珍離開了。

他們剛走，柯林斯先生又回來了，而且這次住在盧卡斯家。

由於星期四就是舉行婚禮的日子，所以夏洛特在星期三到班奈特家辭行。

「我父親和妹妹三月時會來找我，希望你能跟他們一起來。真的，我非常歡迎你到漢斯福來作客！」夏洛特對伊麗莎白說。

伊麗莎白雖然覺得這樣前去拜訪一定很無趣，但是又不好意思拒絕，因此最後還是勉強答應了。

婚禮一結束，新郎和新娘就直接從教堂動身到肯特郡的漢斯福去。而伊麗莎白不久便收到了夏洛特的來信，她的每封信裡都充滿了愉快的氣息，對每件事都大加讚美。不管是住宅、家具、鄰居還是道路，她樣樣都喜歡，而且還說凱薩琳夫人既友善又親切，對她非常好。

伊麗莎白覺得，夏洛特的話和柯林斯先生吹噓的根本沒兩樣，只是比較含蓄一些。實際情況到底怎樣，恐怕要等她親自去拜訪，才能完全了解。

3. 死心

除了夏洛特的來信，伊麗莎白也收到了珍的來信，信上說，抵達倫敦一個星期以來，既沒有看見卡洛琳小姐的人，也沒有收到她的信，或許是出發前寫給她的信寄丟了，所以她並不知道自己也到了倫敦。最後還提到，隔天舅媽要到那個地區去，她想乘機去拜訪卡洛琳小姐。

過了幾天，珍又寫了一封信來——

卡洛琳小姐見到我非常高興，還一直責怪我到了倫敦也不通知一聲。我沒猜錯，上次寄給她的那封信，她真的沒有收到。我還順便問起了賓利先生，她說他很好，還是經常和達西先生在一起，他們兄妹最近很少見面。

就這樣，四個星期過去了，珍還是沒有見到賓利先生。她不斷安慰自己，說自己並不難過。但是有一件事情她不能再欺騙自己了，那就是卡洛琳小姐的冷漠無情。自從去拜訪了卡洛琳小姐之後，她每天上午都在家裡等著卡洛琳小姐，可是整整兩個星期，對方連個人影都沒有。

珍每天晚上都替卡洛琳小姐編造一個藉口，告訴自己卡洛琳小姐一定是有事耽擱了，才沒有來看她。

最後，卡洛琳小姐總算來了，但是只待了一會兒就匆匆離開。

珍在信中把這次的情形告訴了伊麗莎白——

親愛的伊麗莎白：

卡洛琳小姐真的就像你說的那樣虛偽無情。我很傷心，決定要跟她斷絕來往。她會對我這麼冷漠，應該都是她哥哥的緣故，因為她以為我還對他哥哥有意思。她的擔心都是多餘的，不過，作為妹妹，她這種擔憂倒是合情合理，證明她確實非常愛她哥哥。

聽卡洛琳小姐的口氣，我確定賓利先生知道我在倫敦；從她講話的態度來看，她哥哥和達西小姐感情很好，她還說，賓利先生再也不會回尼日斐花園。算了，我們還是不要再提這件事了。

看完信，伊麗莎白為姊姊感到難過，同時也為她感到高興，因為珍從此以後不會再受到那幫人的矇騙，也不用再看到那個討厭的妹妹了。

4. 韋克翰變心

加德納太太也寄了一封信給伊麗莎白，把上次提醒過，有關她和韋克翰的事，又說了一次，並問起她最近的狀況。

伊麗莎白在回信上說，韋克翰先生對她的好感已經消失，因為他愛上了一個有錢人家的小姐。但是她並沒有覺得很痛苦，只是有點感觸。她相信，要是自己家裡很有錢，他就不會愛上別人了。

伊麗莎白在信上，詳細的對舅媽吐露自己的心聲——

親愛的舅媽，我現在更加肯定，當初我並沒有那麼愛他。要是當時我真的愛上了他，現在一定會對他很怨恨，可是我並沒有。對那位他愛上的金恩小姐，我一點也不嫉妒和恨她，而且非常願意把她看作一個很好的小姐。我絕對不會因為人家不喜歡我就覺得痛苦，因為我明白，被人家喜歡需要付出很大的代價。總之，這件事情對我造成的影響不大。

除了這些事情，班奈特一家再也沒有別的大事了。偶而到梅里屯去散步，是這家人唯一的消遣了。一月和二月就這樣過去了，到了三月，伊麗莎白就要到漢斯福去了，並按照夏洛特的建議，中途在倫敦住一個晚上。

出發前，伊麗莎白客客氣氣的跟韋克翰先生告別，韋克翰先生也十分客氣。雖然他現在已經愛上別人，但是並沒有忘記伊麗莎白是先前吸引他的對象，也是第一個聽他說心事的人。他溫柔的向她告別，祝她一路平安。

當伊麗莎白同夏洛特的父親和妹妹抵達倫敦，一走進加德納先生家的大門，就看見珍急忙出來迎接。伊麗莎白仔細看了看珍的臉，發現珍還是一樣的健康美麗，讓她覺得十分安慰。

這一天，大家都過得非常愉快，晚上到戲院看戲的時候，伊麗莎白剛好坐在舅媽身旁，她們首先就談到了珍。舅媽說珍雖然盡量想打起精神來，意志還是有些消沉。伊麗莎白聽完很擔心，不知道她這種情緒還會持續多久。

看完戲，加德納夫婦邀請伊麗莎白參加他們的夏季旅行。

「不過，要到什麼地方去，我們還沒有決定，也許是到湖區走走。」加德納太太說。

這對伊麗莎白來說，是一種意外的快樂，她想也沒想就接受了邀請，而且興奮的叫了出來。

第五章　拜訪好友

1. 凱薩琳夫人

第二天，伊麗莎白一行人前往柯林斯先生和夏洛特的家，遠遠的就看見他們站在門口迎接。

夏洛特看見家人和伊麗莎白，非常高興，閒聊的時候，提起凱薩琳夫人現在正住在羅辛斯。

吃飯時，她們又提到了這件事。柯林斯先生聽了，忍不住插嘴：「沒錯，伊麗莎白小姐，星期天晚上你就可以見到凱薩琳夫人她老人家了。」

伊麗莎白之前就聽韋克翰先生提過，達西先生是凱薩琳夫人的外甥，不過後來才知道，凱薩琳夫人一直想讓自己的女兒嫁給達西先生。

柯林斯先生對這次凱薩琳夫人的邀請，感到非常得意又榮幸。

一行人走進羅辛斯豪宅的客廳，夫人和她的女兒，以及和她們一起住的傑克森太太已經在等候了。

凱薩琳夫人身材高大，跟外甥達西先生長得有點像，但是並不像傳說中那樣平易近人，一開口就讓人覺得她高高在上。

她的女兒十分瘦弱、臉色蒼白，一副病懨懨的樣子，雖然長得不算難看，但也不算出色。

吃完晚餐，女士們都回到客廳，凱薩琳夫人一直說個不停，而且語氣十分強硬，又不允許人家反對她。伊麗莎白覺得，這位夫人有一種天生的控制欲，喜歡指揮別人。

2. 夫人的新訪客

復活節的前一個星期，伊麗莎白聽說凱薩琳夫人家要迎來新客人——達西先生。

達西先生抵達的第二天一大早，柯林斯先生就前去羅辛斯拜訪。那裡除了達西先生，還有一位貴賓——費茨威廉上校，是凱薩琳夫人的侄子。沒想到，柯林斯先生回來時，居然將兩位貴客也帶回家了。

費茨威廉上校雖不算英俊，但言行舉止卻是一位真正的紳士。而達西先生雖

然偷偷愛著伊麗莎白，卻仍然假裝很鎮定。

費茨威廉上校是個開朗、外向的人，很快就跟大家交談起來。達西先生則跟他成了鮮明的對比，過了好一會，達西先生才終於開口，問候伊麗莎白的家人。

直到達西先生離開，他們都沒說太多話。

復活節那一天，柯林斯一家再一次等到了凱薩琳夫人的邀請。

不過這次達凱薩夫人的心思全放在外甥和侄子身上，只顧著跟他們說話，尤其是達西先生，她跟他說的話，比跟其他人加起來的都還要多。

但是費茨威廉上校倒是非常歡迎大家，尤其喜歡伊麗莎白，不停的跟她說話。

於是兩人愉快的談話引起了凱薩琳夫人和達西先生的注意，達西先生好奇的盯著他們，夫人則是口氣強硬的問：「你們在談些什麼呢？」

「我們在談論音樂。」費茨威廉上校回答。

「我這個人最喜歡音樂了，可惜沒有學過。達西，喬治安娜現在鋼琴學得怎麼樣啦？」

達西先生謙虛的讚美了一下自己的妹妹。

之後，凱薩琳夫人也乘機說，要不是自己女兒的身體弱，大家就有動聽的音樂可以聽了。伊麗莎白偷偷觀察了一下達西先生，想看看他有沒有什麼特別的反應。可是不管她怎麼看，都看不出他有任何愛慕夫人女兒的樣子。

3. 不夠格的小姐

有好幾次，伊麗莎白獨自散步的時候，都與達西先生不期而遇，這讓她覺得很討厭。這一天，她發覺有人向她走來，轉頭一看，發現不是達西先生，而是費茨威廉上校。

「您星期六就要離開了嗎？」伊麗莎白問。

「沒錯，只要達西不再拖延的話。反正我都聽他的。」

「達西先生的控制欲真的很強呢。」伊麗莎白說。

「他是有點任性，不過我們也是啊！只是他剛好比較有錢有勢而已。」費茨威廉說。

「聽說達西先生有個妹妹，他是妹妹的監護人，可以愛怎麼管她就怎麼管她。」

「我也是達西小姐的監護人喔！」

「您也是嗎？這位小姐應該很難伺候吧？如果她的脾氣也和哥哥一樣的話。」

費茨威廉上校聽她這麼說，表情有些不自然，便問伊麗莎白為什麼會覺得達西小姐很難應付。

看見他這麼緊張，伊麗莎白更確定自己猜得沒錯，達西小姐肯定跟哥哥一樣不討人喜歡。「請您不用緊張，我沒聽說過半句關於她的壞話。我有幾位女性朋友還非常喜歡她呢，比如賓利小姐。對了，我好像聽您說過您也認識她們？」

「我跟她們的兄弟賓利比較熟，因為他是達西的好朋友。」

「達西先生的確跟賓利先生很好，而且對他的關照簡直無微不至。」伊麗莎白冷冷的說。

「關照？的確如此。達西跟我說，他最近幫一位朋友避掉了一門不適合的婚姻。我知道他去年夏天都跟賓利一起度過，所以大膽猜測他說的那個朋友就是賓利。」

「他有沒有說，為什麼要去干涉人家的婚姻？」

「好像是說那位小姐的某些條件不太配得上賓利。」

「那他是用了什麼手段拆散人家的呢？」

費茨威廉上校聽到她用詞強烈，笑了一笑，說：「這個他沒有說。」

伊麗莎白臉色鐵青，低著頭默默的往前走。她心裡知道，達西先生說的那位朋友，一定就是賓利先生。而那位「配不上」的小姐，肯定就是珍。

4. 達西的求婚

在達西先生準備離開的前夕，這天伊麗莎白獨自在家，門鈴突然響了，本來她以為是費茨威廉上校，沒想到來訪的居然是達西先生。

一見到達西先生，伊麗莎白忍不住又生氣了起來。達西先生不知道她的心情，還擔心的問候她。

之後，他有點坐立不安，也不說話，只是在房間裡踱來踱去。

最後，他走到伊麗莎白面前，說：「我沒有辦法再壓抑自己的感情了，請讓我告訴你，我有多麼愛你。」

伊麗莎白一聽，紅著臉，睜大眼睛瞪著他，一句話也說不出來。

達西先生接著說出自己有多愛伊麗莎白，卻又態度傲慢的解釋一直沒有向她表白的原因——覺得她出身低微、家庭條件不優，跟她結婚有失體統。

伊麗莎白聽了，認為這根本不是在向她示愛，而是在侮辱她！

但是達西先生最後對伊麗莎白說，希望她能接受自己的求婚。

伊麗莎白聽完，怒氣沖沖的說：「一般來說，一個女人遇到男人向她求婚，就算不答應，也會向對方表示感謝，只可惜我實在沒有辦法勉強自己這麼做。」

達西先生沒想到會得到這樣的答案，努力控制著內心的憤怒，直到冷靜了才開口說：「我想請問一下，是什麼原因，讓我受到這樣沒有禮貌的對待？」

「我也想請問你，為什麼你明明想侮辱我、貶低我，卻故意說是喜歡我？而且，一個毀掉我姊姊終身幸福的人，我怎麼可能接受他的求婚呢？」伊麗莎白回答。

達西先生聽到這裡，臉色變了一下，不過很快就恢復正常。

「我不知道你是因為什麼，用了怎樣的方法，拆散了兩個相愛的人。你敢不敢承認做過這件事？」伊麗莎白繼續問。

達西先生沒有愧疚，誠實的說：「我確實用盡了一切辦法，拆散你姊姊跟我朋友賓利。」

伊麗莎白接著說：「不只這個，我還聽韋克翰先生說了很多事情。他本來應該有一份薪水不錯的工作，因為得罪了你，什麼都沒有了！」

達西忍不住大聲的說：「原來在你眼裡，我是這樣一個人！要是我沒有把猶豫的原因說出來，讓你自尊心受到傷害，你也不會計較我的那些過錯吧？要是我只是不斷的告訴你我有多愛你，你也不會這樣嚴厲的指責我吧？只可惜我最痛恨的就是虛情假意！難道你以為我會因為攀上你那些卑微的親戚，而感到萬分榮幸嗎？還是以為我有了沒有見識的岳母和你那些不成體統的妹妹，會感到歡天喜地嗎？」

伊麗莎白氣得快要說不出話來，好不容易冷靜下來，說：「達西先生，這世界上就算只剩下你一個男人，我也絕對不會嫁給你的！」

「夠了，我已經完全明白你的心意了。請原諒我耽誤了你這麼多時間。請保重！」達西先生說完，轉身就走。

見達西先生離開，伊麗莎白忍不住哭了起來。

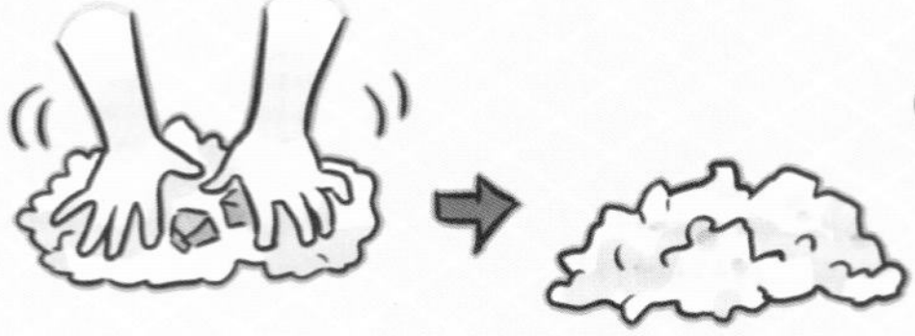

3

用手搓揉，將奶油
和粉搓成沙粒狀。

4

加入葡萄乾
或蔓越莓乾，
攪拌均勻。

5

把一顆雞蛋打散
再加入牛奶，直
接倒入4中。

6

全部材料揉合均
勻，成為麵團。

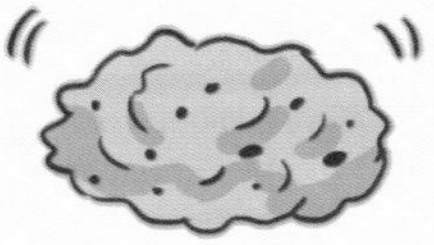

7

麵團用保鮮膜包起
來，放進冰箱冷藏
約30分鐘。

8

30分鐘後取出麵團，捏成幾個扁圓形的
小麵團（高度不要超過1公分），再把
兩個疊在一起，放在烤盤上。另一顆雞
蛋也打散成蛋液，塗在小麵糰上。

9

烤箱預熱到兩百度，
再把烤盤放進去烤
15到20分鐘，好吃
的司康就完成啦！

DIY 真有趣

好好吃的司康

材料

高筋麵粉 50g　低筋麵粉 150g　糖粉 45g　無鋁泡打粉 2 小匙

鹽 2g　無鹽奶油 100g　牛奶 30ml　雞蛋 2 顆　葡萄乾或蔓越莓乾

作法

1. 高筋麵粉、低筋麵粉、糖粉、鹽、無鋁泡打粉一起過篩至盆中。

像這樣來回搖動喔！

2. 無鹽奶油切小塊後加入粉中。

第六章　傲慢與偏見

1. 達西的告白信

伊麗莎白早上一醒來，又想起了昨天晚上的事，為了不再胡思亂想，她決定出去散散步。

沒想到，卻在花園遇見達西先生，他遞給她一封信，說：「這封信，請你看看好嗎？」說完，便微微鞠了一躬，離開了。

伊麗莎白好奇的拆開信，開始讀著。

昨天晚上，你強加了兩項罪名給我。第一，指責我拆散你姊姊和賓利先生。第二，說我毀掉了韋克翰先生的前途。現在請讓我一一解釋，希望你在了解事情的真相後，不再像昨天那樣恨我。

我到赫特福德郡不久，就看出賓利先生愛上了你姊姊。我特別觀察了珍小姐，發現她並沒有非常喜歡賓利先生。但是昨天晚上你卻告訴我，珍小姐也喜歡他。如果這是真的，我承認是我造成了你姊姊的痛苦。

此外，我認為這是一門門不當、戶不對的婚事。你們家只有你和你姊姊舉止優雅，非常討人喜歡。而你母親的娘家親戚雖然地位低微，但是比起她和你三個妹妹經常做出許多有失體統的事情來，一點也不算什麼。

就是因為這些原因，才讓我下定決心，一定要阻止賓利先生和你姊姊的婚事。

我和賓利先生的姊妹討論過，發現她們的看法和我一樣。一開始，賓利先生很猶豫，直到我告訴他，你姊姊根本就沒有愛上他，他才被說服，並且相信是自己自作多情。關於這件事情，我覺得自己並沒有做錯，如果你是我，一定也會這麼做。

再來談另外一件更嚴重的指控吧，韋克翰先生的父親是個非常可敬的人，也是我家的管家。我的父親很器重他，對他的兒子也寵愛有加，不但供他讀書，還讓他一直讀到劍橋大學，希望他能當個牧師。

我和韋克翰先生從小就是好朋友，但是隨著一天天長大，我發現他品行不良。我父親大約在五年前去世，他在遺囑上特別提到，只要一有牧師的空缺，就要我馬上把職位給韋克翰先生，還留給他一千英鎊的遺產。之後不到半年，韋克翰先生寫信給我，說他決定不當牧師，想學習法律，希望我能給他更直接的幫助，還說一千英鎊根本不夠。雖然我一點也不相信他的話，最後還是給了他三千英鎊，他也自動放棄擔任聖職的權利。

Grand Ballet
performed at the
Kings Theatre Haymarket
composed by
J. Mazzinghi
LONDON

從此以後，我便和他一刀兩斷，不再聯絡。他並沒有真的去學習什麼法律，那只不過是一個藉口。三年後，有一位牧師去世，空出了一個職位，要是當初韋克翰先生不放棄，本該是由他來接替的。沒想到，這時候他竟然又寫信給我，說他生活窮困，要求我推薦他去擔任那個職位，我當然沒答應。從那時候開始，他就對我懷恨在心，在很多人面前說我的壞話。

還有，我不得不告訴你一件讓我非常痛苦的事情，我有一個比我小十幾歲的妹妹喬治安娜，去年夏天，韋克翰先生找到她，並大膽向她求愛。喬治安娜當時只有十五歲，傻傻的被騙，還答應跟他一起私奔。

我知道後非常憤怒，寫了一封信給韋克翰先生，要他立刻離開喬治安娜。

班奈特小姐，這就是我跟韋克翰先生之間的恩恩怨怨。

今天這封信上所說的話是真是假，你可以去向費茨威廉上校求證，他不但是我的親戚，也是我的朋友，還是我父親遺囑的執行人之一，對一切都非常清楚。

我要說的都說完了，願上帝保佑你。

伊麗莎白打開信之前，以為達西先生一定是想向她重新提出求婚。當她看完信中的內容時，感到非常驚訝。

達西先生在信中所說的事情，和韋克翰先生親口說的十分相似，卻又完全相反。如果他的話是真的，那麼自己從前對韋克翰先生的好感，簡直就是一個笑話。

「不！達西先生一定是在撒謊！」伊麗莎白的心很亂，恨不得從來沒有看到這封信。可是，卻又忍不住認真讀了一遍。

關於遺囑問題，信上所說的與韋克翰先生說的完全不同。伊麗莎白覺得兩個人之中一定有人在說謊，而且覺得應該是達西先生，但是，她又不是很確定，甚至越讀越起疑。

韋克翰先生在加入民兵團之前，從來沒有人聽說過他，加入民兵團之後，大家對他的來歷和身世也一無所知，他說的事，沒有人能證明真假。他英俊的容貌和溫柔的舉止，讓人不由自主的喜歡上他，以為他具備了一切美德。但是只要靜下心來仔細想想，除了能言善道和多禮之外，根本想不出他還有別的什麼優點。

當讀到他想誘拐達西小姐私奔，伊麗莎白的腦子就更加混亂！

達西先生在信的最後寫到，要她去向費茨威廉上校求證。她確實有這樣的打算，但又覺得達西先生要是沒有把握費茨威廉上校的回答會跟他一樣，就不會提出這個建議。想來想去，伊麗莎白最終打消了這個念頭。

再仔細回憶一下，達西先生雖然傲慢無禮，卻沒有發現他有其他缺點，他的親戚、朋友，像是賓利先生、費茨威廉上校，都很尊重他、喜歡他，就連韋克翰先生也都承認達西先生是一位好哥哥。如果達西真的像韋克翰先生說的那麼壞，怎麼可能矇騙得了所有人呢？又怎麼可能跟賓利先生那樣一位好好先生，做了那麼多年的朋友呢？

想到這裡，伊麗莎白不禁覺得自己實在太膚淺、太偏激了，竟然天真的相信韋克翰先生的一面之詞，而對達西先生抱有那麼嚴重的偏見，不禁脫口大叫：「我會相信韋克翰先生，是因為他喜歡我，這滿足了我的虛榮心。討厭達西先生，則是因為他對我傲慢無禮，讓我覺得生氣。所以到最後，我盲目的相信韋克翰先生，又盲目的討厭達西先生。」

接著，伊麗莎白的思緒跳到了珍和賓利先生的事上，達西先生說他看不出珍對賓利先生的情意，其實夏洛特也說過類似的話。珍的確是那種很難看出內心真實想法的人，難免會讓人誤以為她的心不容易被打動。

至於他提到有關她家人的那一段，雖然讓人覺得十分難受，但也不得不承認，珍和賓利先生之間的問題，的確都是自己家人一手造成的。達西先生在向她求婚前的猶豫，也充分證明了這一點。想到這裡，伊麗莎白便感到非常的灰心和沮喪。

2. 重新開始

伊麗莎白告別了夏洛特，到舅媽家住了幾天後，才和珍一起回家。

兩人剛到達要轉乘馬車的飯店時，就見到來接她們的妹妹——凱薩琳和莉蒂亞。莉蒂亞告訴她們，民兵團再過兩個星期就要離開梅里屯了。伊麗莎白聽了感到非常高興。

「他們要到布萊頓去避暑，真希望爸爸也帶我們去。另外，還有一個天大的好消息——韋克翰先生不會跟金恩小姐結婚了，那位小姐到利物浦去了，而且不會再回來。你們看，韋克翰先生安全了！」莉蒂亞開心的說。

「應該說是金恩小姐安全了！」伊麗莎白淡淡的說。

「但願他們雙方的感情不太深，不然就太痛苦了。」珍說。

「我相信韋克翰先生對她的感情不會深的，應該說，他對誰的感情都不深。」

伊麗莎白說。

回到家的午後，莉蒂亞要兩位姊姊陪她到梅里屯去探望朋友，伊麗莎白堅決反對，她怕人家說班奈特家的幾位小姐回家不到半天，馬上又跑到梅里屯去追求軍官。另外，她也不想見到韋克翰先生。那個民兵團馬上就要調走了，這真是太好了。她希望他們走了以後，一切都重新平靜下來，她也要把這些事情統統忘記。

有擺放水果的蛋糕

插著「生日快樂」牌子的蛋糕

只有糖偶造型在上的蛋糕

想知道答案嗎？
趕快翻到下一頁吧！

好好玩心理測驗

你是一個會以外在評斷別人的人嗎？

伊莉莎白曾因達西態度傲慢，對他沒有什麼好感。沒想到後來發現，他其實是一個善良、開朗、體貼的好人。現在，來做個小小心理測驗吧，看看你會不會像伊莉莎白，不小心就「以貌取人」了？

你會以貌取人嗎？

這天，你參加朋友的生日派對，桌上有一個特製的蛋糕，你幫忙將朋友切好的蛋糕分給大家，最後剩下三塊讓你選擇，你會拿哪一塊呢？

選「插著『生日快樂』牌子的蛋糕」的你

一個人的外在條件，不是你評斷人的重點，對方的優點和性格才是你看重的。

選「只有糖偶造型在上的蛋糕」的你

你覺得一個人的外在和內在要能兼具，但還好的是，你的要求不會過高。

測驗分析

選「有擺放水果的蛋糕」的你

你是一個超級會以外在評斷別人的人，只要對方的外在條件不符合你的標準，你完全不想跟他有所接觸。

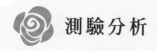

第七章　認清韋克翰

1. 訴說心事

到了晚上，伊麗莎白再也忍不住，把達西先生向她求婚的事情告訴了珍。但是所有談到珍的地方，她全都不提。

不出所料，珍聽完後，果然大吃一驚。

「達西先生那種沒有禮貌的態度，確實讓人受不了。不過，你拒絕了他，他應該非常失望！」珍說。

「我也替他感到難過。可是，既然他在向我求婚的時候顧慮那麼多，對我的愛應該也會很快消失吧。」伊麗莎白回答。

接著，她又把信中提到韋克翰先生的事，全都講給姊姊聽。珍聽完後，比聽到達西先生向妹妹求婚還要吃驚。

「如果把他們兩個人的優點加在一起，應該會是一個不錯的人。最近這段時間，這些優點在他們之間移來移去，把我弄得暈頭轉向。不過，現在我比較偏向達西先生。珍，你偏向誰呢？」伊麗莎白詢問姊姊的意見。

珍想了好一會，說：「這可能是我一生中最吃驚的事了，韋克翰先生原來這麼壞！話說回來，達西先生真可憐，為了跟你解釋，不得不把自己妹妹的事情都講出來！」

「我覺得這兩個人都有問題，一個把優點全藏在裡面，一個把優點全露在外面。」伊麗莎白說出想法。

「你以前在達西先生面前提到韋克翰先生的時候，口氣那麼強硬。現在看來，你當時說的話真是太不得體啦！」珍說。

「沒錯，因為當時我對達西先生有偏見。對了，我們是不是應該把韋克翰先生的事情說出來，讓大家都知道他是怎樣的一個人？」

「我覺得不必太讓他下不了臺。」珍想了一會兒說。

「我也這麼想。現在大家對達西先生的成見極深，對韋克翰先生卻很有好感，就算我們說了，別人也不會相信吧。幸好韋克翰先生馬上就要離開了，他到底是好人還是壞人，跟這裡的人也沒有關係了。反正總有一天，大家就會知道事情的真相。」

伊麗莎白把事情跟珍說清楚之後，心情稍微平靜了一些。可是，她還有一件心事不敢告訴珍，那就是達西先生信裡所寫的前半部分。她不敢告訴姊姊，賓利先生有多喜歡她，更不敢告訴她賓利先生為什麼一去不回。

伊麗莎白想：「要是賓利先生和姊姊最後結了婚，到時候再把這件事情說出來好了。但是他們結婚的可能性有多大呢？要是真有那麼一天，讓賓利先生親自說明，一定會比我說得更動聽。」

2. 擔心莉蒂亞

再過一個星期，梅里屯的民兵團就要離開了。

班奈特家的兩個妹妹——凱薩琳和莉蒂亞非常傷心、難過，常常大聲叫嚷：

「天哪！他們走了以後，我們這裡還有什麼意思呢！」

「要是我們能跟著一起到布萊頓去就好了！」班奈特太太也跟著感歎起來。

「就是！可是爸爸偏不同意！」

伊麗莎白聽了，本來想好好取笑她們一番，但是一想起達西先生對她們的評語，就不由得感到非常羞愧，開玩笑的心情也立刻消失得無影無蹤。她覺得，達西先生所指出有關她家人的毛病，真的非常正確，難怪他會干涉賓利先生跟珍的婚事了。

莉蒂亞的悲傷沒有持續很久，很快又笑顏逐開了，因為弗斯托太太邀請她一起到布萊頓去。結婚不久的弗斯托太太很年輕，跟莉蒂亞一樣精力旺盛，兩人非常合得來。可憐的凱薩琳沒有被邀請，感到十分生氣與失望。

伊麗莎白擔心，要是莉蒂亞真的跟那些軍官到布萊頓去，一定會更加隨便，說不定還會鬧出什麼醜聞來，她希望父親能阻止莉蒂亞。

「莉蒂亞在家裡的時候就夠任性了，到了布萊頓之後，身邊有弗斯托太太這樣一個朋友，還有成群的軍官，她一定會控制不了自己的。」伊麗莎白對父親說。

「你說得很對，不過莉蒂亞不到外面去出一出醜，是絕對不會學乖的。」班

奈特先生說。

「莉蒂亞那麼輕浮，一定會引起很多閒言閒語。事實上，我們已經因為她的不知檢點而受害了。」伊麗莎白說。

「因為她的不知檢點而受害？這話是什麼意思？難道她把你們的追求者給嚇跑了不成？」

「我不是這個意思，只是覺得莉蒂亞老是跟著那些軍官，會讓人家瞧不起我們。你要是再不管一管莉蒂亞，她這輩子就完了。她才十六歲，就已經變成一個這麼隨便的女孩，除了年輕貌美，她頭腦簡單、沒有見識，根本一點優點也沒有。再這樣下去，只要是認識她的人，都會看不起她、嘲笑她，而且還會讓姊妹也跟著丟臉。」

班奈特先生聽了，輕輕握住伊麗莎白的手，說：「不管你跟珍有多麼隨便的妹妹，認識你們的人都會尊重、喜歡你們，絕不會因為你們有兩個或三個愚蠢的妹妹，就看不起你們。莉蒂亞不是富家女，哪個男人會看上她呢？讓她到那裡受受挫折，或許她能稍微清醒一點，免得老是這麼不知天高地厚。再說，我們總不能把她關在家裡一輩子吧！」

伊麗莎白看到父親這麼堅持，只好不再多說什麼了。

3. 刻意的詢問

自從回家以後，伊麗莎白和韋克翰先生已經見過好幾次面，但是從前對他的好感，現在全都消失了，只覺得他非常虛偽做作，讓人討厭。而且他還以為，只要繼續追求，伊麗莎白應該會很高興。看到他那副自以為是的模樣，伊麗莎白真是生氣又難受。

民兵團出發的前一天，伊麗莎白和韋克翰先生又見到面了。韋克翰先生問起她在漢斯福玩得怎麼樣，她故意提起費茨威廉上校和達西先生也在那裡待了三個星期，還問他認不認識費茨威廉上校。

韋克翰先生一聽，臉色立刻變了，不過很快就恢復了鎮定，微笑的說他認識，又說費茨威廉上校是個非常討人喜歡的年輕人。

「他跟他表哥很不一樣啊。」韋克翰先生說。

「嗯。不過，達西先生跟人家熟了之後，也很討人喜歡的。」

韋克翰先生聽了這話，大叫了起來：「太奇怪了！他跟人家說話的時候，是不是態度不那麼高傲了？他在對待人家的時候，是不是有禮貌多了？」

「當然沒有，我相信他的本質還是跟過去一樣。」伊麗莎白說。

韋克翰先生不明白她這句話是什麼意思，看起來有點不安。

伊麗莎白看了他一眼，說：「我的意思是，只要跟他熟悉了，就會更加了解他的個性，也就不會再討厭他了。」

韋克翰先生的臉忽然紅了起來，好幾分鐘後才說：「你很清楚我跟達西先生之間的恩怨。雖然我一向都覺得他的傲慢對他一點好處也沒有，但是對別人來說，說不定是一件好事，至少他傲慢得不屑用卑鄙的手段來對付我。不過我最怕的是，他想裝模作樣去唬弄他的姨媽，好讓他姨媽對他有個好印象，把女兒嫁給他。」

伊麗莎白微微一笑，稍微點了一下頭，並沒有回答，也不打算繼續跟他討論這個問題。韋克翰先生不知道到底發生了什麼事，但是也不敢再說下去了。最後，他們客客氣氣的道別，雙方都希望最好永遠不要再見到對方了。

第八章　不一樣的達西

1. 參觀彭伯里莊園

原本伊麗莎白要跟舅舅、舅媽去夏季旅行，可是因為加德納先生生意繁忙，所以日期一再延後。最後終於出發了，但是遊玩的時間和範圍卻縮小，只到德比郡一個月，於是伊麗莎白暗自希望自己不會在那裡遇到達西先生！

沒想到，加德納太太打算順路到彭伯里莊園去看看，她對伊麗莎白說：「那裡是個好地方，你的朋友韋克翰就是在那長大的，你一定會想到那裡去看看全英國最美麗的樹林。」

睡覺之前，伊麗莎白故意向女傭打聽彭伯里是個什麼樣的地方、主人叫什麼名字，以及這段時間是否會回來。得到主人不會回來的答案後，她才放心答應了舅母。

第二天，三人乘車前往彭伯里，當那裡的樹林出現在他們眼前時，伊麗莎白的心跳得非常厲害。

不久，彭伯里莊園就映入了眼簾，伊麗莎白從來沒有見過這麼美麗的地方。來到莊園門口，他們請求進去參觀，一位溫柔有禮的老婦人——女管家雷諾太太出來招待他們。

伊麗莎白很想問女管家，主人是不是真的不在家，卻又開不了口，幸好舅舅主動問了。雷諾太太說主人明天才會回來，伊麗莎白聽了才放下心。

這時，加德納太太叫伊麗莎白過去，看掛在壁爐上方的一幅畫像。

「那是老主人管家的兒子，聽說他到軍隊去了，現在恐怕已經變成一個浪蕩子了。」雷諾太太告訴她們。

接著，她又指著另一幅畫像，說：「這是我們年輕的主人。」

加德納太太看了看畫像，說：「聽說彭伯里年輕的主人一表人才，果然是真的呢！伊麗莎白，你覺得畫得像不像？」

一聽到伊麗莎白認識她的主人，雷諾太太恭敬的問：「這位小姐跟達西先生很熟嗎？」

伊麗莎白紅著臉回答：「不是太熟。」

雷諾太太又指著旁邊的達西小姐畫像，說：「這是達西先生的妹妹，我從來沒有看過這樣漂亮的小姐，而且還多才多藝！明天，她會跟達西先生一塊兒回來。」

「你的主人每年住在彭伯里的時間多嗎？」加德納先生問。

「不是很多，每年大概只有一半的時間住在這裡。」

「等你的主人結了婚，他住在這裡的時間就會多一些了。」加德納先生笑著說。

「我也這麼想，只是不知道有哪位小姐配得上他。」

「你這麼說，真是太維護你的主人了！」伊麗莎白說。

「我說的都是實話！在他四歲的時候，我就到這裡來了。這麼多年來，我從來沒聽他說過一句重話。」

伊麗莎白很驚訝，在她心中，達西先生是一個脾氣很不好的人。

這時，她聽見舅舅說：「你真幸運，能碰上這樣一個好主人。」

「沒錯。我常說，一個人小時候脾氣好，長大了自然也就好。他從小就乖，長大了也還是一樣。」

伊麗莎白忍不住懷疑，達西先生真是這樣的人嗎？

「他的父親也是個了不起的人！」加德納太太說。

「是的，老達西先生確實是個偉大的人！他的兒子也跟他一樣，心地善良、體貼窮人。」

伊麗莎白聽了，更是驚訝又好奇。

雷諾太太繼續說著著主人的優點：「他是個善良、開明的主人，不像現在的年輕人那樣自私自利，這裡的每一個傭人都說他好。雖然有人覺得他傲慢，我倒看不出來，他只是不像一般年輕人那麼愛說話罷了！」

2. 偶遇

就在參觀完畢，準備離開時，伊麗莎白突然看見達西先生往他們走來。兩人四目相對，彼此的臉都一下子紅了起來。

達西先生十分有禮貌的問候她的家人，態度跟上次在肯特郡的時候完全不同。伊麗莎白慌慌張張的回應他，最後兩人又默默站了幾分鐘，達西才向她告辭離開。

這一刻伊麗莎白感到既羞愧又後悔，覺得自己一定是昏了頭才會來到這裡，達西先生會不會認為自己是故意送上門來的？

離開了莊園，伊麗莎白與舅舅、舅媽走到了小溪邊，沒想到又遇見了達西先生！

這次達西先生要求伊麗莎白把兩位親友介紹給他認識，這讓伊麗莎白非常驚訝，因為當初他向自己求婚的時候，不是很看不起她的親戚嗎？

不過，在經由她介紹後，達西先生很快就跟加德納先生聊得非常愉快，這讓伊麗莎白很得意。

之後，達西先生提到，因為臨時有事，所以才會提前一天回來。接著，他對伊麗莎白說：「賓利先生和她的姊妹明天也會來，還有我的妹妹喬治安娜，她很想認識你，不知道有沒有這個榮幸呢？」

伊麗莎白聽了這話，覺得受寵若驚。看來，達西先生經常在妹妹面前提起她呢。

3. 賓利的真心

第二天，達西先生帶著妹妹來拜訪伊麗莎白。

達西小姐雖然只有十六歲，但言行舉止卻很成熟，而且十分端莊大方。

伊麗莎白一直聽說達西小姐和她哥哥一樣，是個傲慢的人，但是仔細觀察了幾分鐘，發現她單純又害羞，跟傳言完全不一樣。

過了一會兒，賓利先生也來了，伊麗莎白本來對他很不滿，不過自從看了達西的信，知道他對珍是真心的，也就不再生氣了。

伊麗莎白很希望賓利先生能跟她多談一談珍的事，但是他因為害羞，很少提起，只有趁著別人不注意的時候，才遺憾的說：「我跟珍已經有八個多月沒見面了，最後一次見面應該是在去年十一月二十六日的尼日斐花園舞會。」

伊麗莎白見賓利先生對這件事記得這麼清楚，覺得這已經能夠證明他對姊姊的真心。

待了半個多小時後，達西他們便起身告辭。

在加德納夫婦看來，賓利先生果然是個討人喜歡的紳士，達西先生一點也不傲慢，完全不像別人所說的那樣。反而是韋克翰先生在當地的評價並不好，聽說他欠下了很多債務，後來都是達西先生替他還清的。

伊麗莎白弄不清楚，現在自己對達西先生的感情，究竟是愛還是恨。說恨，應該沒有；說愛，似乎不至於。不過，昨天見面，他的態度變得那麼好，又聽人家說了那麼多他的好話，加上今天他特地帶妹妹來看自己，還用心跟自己的舅舅、舅媽聊天。最重要的是，她拒絕了達西先生的求婚，他卻沒有生氣，這讓她對達西先生多了份尊敬和親切感。

伊麗莎白看著達西先生從當初的傲慢，變成今天這樣的溫和有禮，她相信，這全都是因為愛情的力量。

4. 嫉妒的賓利小姐

自從達西先生向伊麗莎白求婚之後，伊麗莎白終於明白，賓利小姐一直以來

都不喜歡自己，原來就是因為吃醋。所以她知道，今天基於禮貌到莊園去回訪喬治安娜小姐，賓利小姐一定不會歡迎她。

果然，賓利小姐的態度一直都很冷漠，只是默默觀察著伊麗莎白，特別注意她跟達西小姐的交談。

達西先生本來要跟賓利先生還有加德納先生去釣魚，聽到伊麗莎白來了，立刻趕回家。

由於他希望妹妹能跟伊麗莎白盡快熟悉，所以很努力幫她們找聊天的話題。這樣的情形全讓賓利小姐看在眼裡，令她氣憤又嫉妒，於是冷冷的說：「伊麗莎白小姐，聽說梅里屯的民兵團離開了，這對你們家來說，一定是個很大的損失吧？」

看在達西先生的面子上，賓利小姐不敢直接提起韋克翰這個名字，但是伊麗莎白明白她的意思，所以想起自己曾經把韋克翰先生當作朋友，便不由得十分難受，只是此時不是傷心的時候，自己得好好還擊一下這位沒有禮貌的小姐。於是，伊麗莎白用一種滿不在乎的語氣回答了她，同時看了看達西先生。只見達西先生滿臉通紅，臉上露出痛苦的表情。他的妹妹也緊張的低著頭，一句話也不說。

賓利小姐說這些話的目的，本來是想提醒達西先生，伊麗莎白曾經喜歡過韋克翰先生，順便也讓他想起伊麗莎白那幾個一天到晚追逐軍官的妹妹。她以為這樣，就能讓達西先生看不起伊麗莎白。可是她沒想到達西先生一點也沒有被影響，所以最後只能自討沒趣，什麼話也說不出來了。

＊答案是B，你答對了嗎？

猜一猜樂趣多

猜猜哪一個是英式庭園？

伊莉莎白跟著加德納夫婦拜訪彭伯里莊園，被莊園的美景深深吸引。究竟是什麼樣的庭園，讓他們驚歎不已呢？

噴泉、繁花錦簇、自然景觀和雕像，是英式庭園組成的主要要素，這樣精緻的設計，源於十八世紀的英國園藝造景。

現在，想請你動動腦，從右側三種不同風格的庭園中，找出哪一個是英式庭園。

第九章　莉蒂亞的私奔

1. 莉蒂亞私奔了

到了蘭布頓的第三天，伊麗莎白才收到兩封珍的來信，她拆開第一封信，前半講的是一些瑣碎的事情，後半則是告知了一個驚人的消息。

親愛的伊麗莎白，昨天晚上十二點，我們收到弗斯托上校的一封急信。信上說莉蒂亞跟他們團裡的一個軍官到蘇格蘭去了。直接的說，就是跟韋克翰先生私奔了！我感到十分難受，因為莉蒂亞竟然跟韋克翰這樣的人湊成了一對！可憐的母親非常傷心，父親雖然也很震驚，但還能支持得住。韋克翰和莉蒂亞大概是在星期六晚上十二點左右離開布萊頓的，可是一直到昨天早上八點多，大家才發現兩人失蹤了。弗斯托太太是看到莉蒂亞留下的信，才知道他們私奔了。

伊麗莎白讀完這封信，趕忙拆開第二封信。

親愛的伊麗莎白，我相信你已經收到我的上一封信了吧？弗斯托上校在寄出那封急信以後，很快就來到了我們這裡。他說，莉蒂亞在給他太太的那封信中，提到他們要去蘇格蘭的格雷特納．格林，不過他太太不相信韋克翰會去那裡，也絕對不可能在那跟莉蒂亞結婚。弗斯托上校聽了，覺得事情很嚴重，便立刻出發去追他們。他一直追到倫敦，詳細打聽了當地的所有旅館，還是找不到兩人。上校十分擔心，懷疑他們根本沒有去蘇格蘭。

雖然我們都覺得韋克翰跟莉蒂亞私奔很荒唐，但大家還是希望能聽到他們結婚的消息。所以，你應該能想像得到，聽了上校的說明後，我們是多麼震驚而痛苦。我想，也許他們還是覺得在城裡結婚比較方便，才沒有去蘇格蘭，並不是不打算結婚。就算韋克翰真的很壞，存心想玩弄莉蒂亞，莉蒂亞也不可能在沒有婚姻的保障下，隨便的跟他在一起。這是絕對不可能的！

我把想法說出來之後，弗斯托上校搖了搖頭，他不相信兩人會結婚，又說韋克翰是個靠不住的人。天啊！可憐的媽媽已經病倒了，整天都不出門，父親也快支持不住了。

親愛的伊麗莎白，我希望你能趕快回來，最好舅舅和舅媽也能來。雖然我這種想法很自私，但是家裡真的很需要你們的幫助。

讀完信，伊麗莎白慌亂的從椅子上跳了起來，打算立刻去找舅舅，然後馬上趕回家。

這時，達西先生剛好到來，見伊麗莎白臉色蒼白、神情慌亂，嚇了一大跳。他還沒開口問，伊麗莎白就大叫了起來：「對不起，我有緊急的事情要去找我舅舅！」

達西先生不清楚到底發生了什麼事情，也顧不上禮貌，趕緊詢問：「發生了什麼事？讓我去幫你找加德納先生回來吧！要不然，我叫一個傭人去找他好了。總之你不能自己去，你現在太虛弱了。」

伊麗莎白這時候才發現自己兩腿無力，也覺得自己沒有辦法出去找舅舅和舅媽，只好請達西先生讓傭人去找。

達西先生看見伊麗莎白這麼虛弱，不放心離開她，便在她身邊坐了下來，十分溫柔的說：「讓我把你的女傭人找來好嗎？你先吃點東西吧，還是我幫你倒一杯酒？你好像很不舒服？」

伊麗莎白勉強自己冷靜下來，回答：「謝謝你。我很好，只是剛剛從家裡傳來了一個不幸的消息。」

她邊說邊哭了起來，達西先生不明白發生了什麼事情，只能在安慰她幾句後，用不捨的眼光默默望著她。

伊麗莎白知道這件事遲早都會傳出去，就對達西先生說：「我剛剛收到珍的信，我最小的妹妹——莉蒂亞——丟下家人和朋友，落入了韋克翰的圈套，跟他私奔了！你很清楚韋克翰是個什麼樣的人，莉蒂亞沒錢又沒好家世，韋克翰怎麼可能跟她結婚？莉蒂亞這一生都毀了！」

達西先生聽到這個消息，驚訝得說不出話來。

伊麗莎白激動的說：「我本來可以阻止這件事情發生，因為我早就清楚韋克翰是個什麼樣的人。天啊！要是早點把知道的那些事告訴家人就好了！可是現

在，說什麼都已經太晚了！」

「我真是既難過又驚訝！這消息可靠嗎？」達西先生問。

「當然可靠！他們是從布萊頓出發的，弗斯托上校一直追到倫敦就追不下去了。我敢肯定，他們一定沒有去蘇格蘭。」

達西先生搖了搖頭，沒有說話。

「我早就應該向大家拆穿他的真面目，只是一時心軟，沒有這麼做。這都是我的錯！」伊麗莎白自責的說。

達西先生沒有接話，只是皺著眉頭，不停的在房間裡走來走去，好像在思考什麼。

看到達西先生這樣，伊麗莎白很快就覺得自己明白了他在想什麼。達西先生現在知道了這個消息，已經不可能再愛她了。她並沒有感到意外，也不會去責怪他，因為家裡發生這樣的事情，被人家看不起也是很正常的。想到這裡，伊麗莎白第一次覺得自己真正愛上了達西先生。

過了一會兒，她聽到達西先生用難過的語氣小心的對她說：「你可能希望我快點走開吧！我知道自己留在這裡一點用也沒有。我真希望能說幾句安慰的話，或者為你做點什麼，來稍微減輕一下你的痛苦。我想發生了這件不幸的事情，你今天也不能到彭伯里去看我妹妹了吧？」

「是的，對不起，請代我們向達西小姐道個歉，就說我們有急事要立刻回家。也請替我們保守祕密，讓這件不幸的事盡可能多隱瞞幾天吧。不過，我也知道隱瞞不了多久。」伊麗莎白絕望的說。

達西先生答應保守祕密，又說了幾句安慰的話，說希望這件事情最後的結果，不至於像她想的那麼糟糕，一定能夠圓滿解決。然後，又看了她一眼，便告辭離開了。

當然，莉蒂亞不會傻傻的跟人家私奔而不打算結婚，她只是沒有什麼經驗，

又禁不起引誘，才會容易上了韋克翰的當。雖然在赫特福德郡的時候，她對韋克翰並沒有特別的好感，但是她是個沒什麼大腦的少女，隨便哪個人稍微哄一下，她就會上當。

2. 趕路回家

加德納夫婦聽了傭人的話，以為伊麗莎白得了什麼急病，慌慌張張的趕回來。伊麗莎白向他們說明了原因後，把兩封信拿給他們看。加德納先生一口答應將盡最大的努力提供幫助，這讓伊麗莎白十分感激。

一個小時後，加德納先生就跟旅館結清了帳，三個人一起坐上馬車趕回班奈特家了。

第十章 佳偶天成

1. 結婚條件

加德納先生前往城裡找班奈特先生，陪他尋找莉蒂亞與韋克翰好一陣子，班奈特一家人每天都在焦慮和等待中度過，可惜事情一直沒有進展。

最後，班奈特先生決定先回家，韋克翰和莉蒂亞的事，就交給加德納先生處理。

沒想到，班奈特先生回家後，第三天，加德納先生就來了一封信，伊麗莎白拿到後便念起來：

親愛的姊夫，我終於打聽到莉蒂亞的消息，他們並沒有結婚，也沒有結婚的打算。不過，只要你能答應一個條件，兩人就會結婚。也就是，請你提前將莉蒂亞應得的遺產給她。另外，在你有生之年，每年再給她一百英鎊的年金。我認為這些條件還算合理，所以毫不猶豫的替你答應了。如果你也同意，並願意讓我全權代表你來處理，那麼我就馬上派人去辦理財產過戶手續。

讀完信，伊麗莎白無法置信的說：「那個韋克翰竟然會跟莉蒂亞結婚，可能嗎？」

「或許他沒有我們想像的那麼壞。」珍冷靜的說。

「看來，他們倆結婚的事已成定局了。而且，說不定這件事情，你們舅舅私下還給了韋克翰錢。」班奈特先生無奈的說完後，就去寫回信給加德納先生了。

2. 幕後恩人

後來，伊麗莎白從舅媽的來信知道，莉蒂亞能順利與韋克翰結婚，都是因為達西先生的幫助。

親愛的伊麗莎白：

我回到倫敦當天，達西先生來見你舅舅，兩人密談了好幾個小時。原來達西先生發現了你妹妹和韋克翰的下落，而且和他們見過面了。他說，要是早點拆穿韋克翰的真面目，事情就不會弄到這個地步。所以認為這件事情他有責任，必須要出面解決。沒想到，莉蒂亞堅持不肯離開韋克翰，以為兩人一定會結婚。

但是，達西先生看出韋克翰並沒有結婚的打算，所以決定給他一筆錢，讓他答應跟你妹妹結婚。韋克翰一開始當然是獅子大開口的要很多錢，經過不斷溝通，才把這筆錢減少到一個合理的數目。

對了，這件事千萬不要告訴別人喔，因為達西先生要求我要保密。達西先生為你妹妹和韋克翰的事出了很多力，不但替韋克翰還了不只一千英鎊的債，也替他買了一個職位，還給了你妹妹一千英鎊呢。

看完舅媽的信，伊麗莎白的心情非常複雜。莉蒂亞能夠跟韋克翰結婚，保全了名聲，全都是達西先生的功勞。她知道達西先生這樣做，都是為了自己。

3. 賓利的求婚

珍聽說賓利先生最近就要回來的消息後，開始心神不寧、坐立不安。

而賓利先生在回到赫特德郡的第三天，就來他們家拜訪了。

賓利先生剛見到珍的時候，並沒有怎麼多說話，但過了沒多久，他就變得像以前一樣主動了。

過了幾天，班奈特家舉行宴會，賓利先生和達西先生也來了。這次，賓利先生坐在珍旁邊，伊麗莎白見到兩個人雖然分別了許久時間，感情卻依舊沒有改變，很替他們高興。

伊麗莎白相信，只要賓利先生能按照自己的意願來決定終身大事，他跟珍的婚事絕對不會有問題。

這之後，賓利先生仍頻繁的到班奈特家拜訪。

這天，是他自宴會結束後，第三次前來。等到他一離開，珍就快樂的喊了起來，並且熱情的抱著伊麗莎白，不斷說自己是天底下最幸福的人。

伊麗莎白馬上就明白了怎麼回事，開心的祝賀她。

4. 談判

賓利先生和珍訂婚後大約一個星期，有一天上午，凱薩琳夫人居然來找伊麗莎白談判！

「兩天前，我聽到一個非常讓人吃驚的消息，除了你姊姊將要高攀一門親事外，就連你也想要高攀我的外甥達西。我想這一切應該都是流言，我不相信我親愛的外甥會做出這種丟臉的事。」凱薩琳夫人高傲的說。

伊麗莎白聽了這些話，既驚訝又生氣的說：「既然你認為都是流言，為什麼還要親自跑一趟？」

「我是要來告訴你，不管你怎麼費盡心思想攀上這門親事，都絕對不會成功的！達西早就跟我的女兒訂婚了，難道你一點也不知道羞恥嗎？」

「你問過達西先生嗎？他願意跟你女兒結婚嗎？假如他根本不願意，當然有權利重新選擇。如果他正好選中了我，我為什麼不答應呢？」

「我的女兒跟達西才是天生一對，你哪一點配得上他？老實告訴我，你到底有沒有跟他訂婚？」

伊麗莎白想了一想，不得不回答：「沒有。」

凱薩琳夫人聽了後，非常高興的說：「你可以答應我，永遠不跟他訂婚嗎？」

「我不能答應！」伊麗莎白態度強硬的說。

「你要是不答應，我就不走！」凱薩琳夫人生氣的說。

「你要怎麼干涉你外甥的事情，我不管。但是，你絕對沒有權利來干涉我的事。怎麼做才會幸福，我就會怎麼做，你管不了！」

「你這是存心要讓達西的親戚朋友都看不起他！」

「那我也不在乎。」伊麗莎白說。

「沒想到你這麼無恥！等著瞧吧，你一定會後悔今天說過這些話。」

兩人最終談得不歡而散。

凱薩琳夫人離開後，伊麗莎白一直心神不寧。

一想到凱薩琳夫人為了阻止這門婚事，一定會去找達西先生，告訴他跟自己結婚會有多少害處，她就不禁有點沮喪。

5. 坦誠以對

過沒幾天，賓利先生和達西先生也來到班奈特家，幾個年輕人一起去散步，達西先生和伊麗莎白走了一會，什麼話也沒有說。

最後，伊麗莎白終於鼓起勇氣，對達西先生說：「達西先生，我是個自私的人，只想到自己，從來沒有考慮過你的感受。但是當我知道你對我妹妹的事情，出了那麼多力之後，我再也不能保持沉默，不能不向你表達我的感激。要是我的家人都知道這件事情，感激你的就不只是我一個人了。」

達西先生情緒有些激動的說：「我沒有想到你竟然會知道這件事，我以為加德納太太非常可靠。」

「這事不能怪我舅媽。我要代表全家人感謝你，要不是你暗中幫忙，我想他們還結不了婚。」

「我接受你的感謝，但是不能接受你家人的感謝。當時我會那麼用心去辦那件事，主要是為了分擔你的憂慮。」達西先生說。

過了好一會兒，他認真的望著伊麗莎白，說：「伊麗莎白，我的心願和感情還是跟之前一樣，但是不知道你的決定有沒有改變？只要你告訴我你還是想拒絕我，我以後再也不會提起這件事。」

伊麗莎白知道達西先生現在的心情一定非常焦慮不安，也覺得自己不能再繼續沉默下去了。她告訴達西先生，這段時間她的心情有了很大的變化。現在，她願意非常愉快而感激的接受他的求婚。

達西先生聽了，開心得不得了。

伊麗莎白從來沒有見達西先生這麼快樂過。他現在的樣子，就跟任何熱戀中的人一樣，熱情而溫柔，並且不斷對自己表達情意。

從達西先生的話中，伊麗莎白知道，凱薩琳夫人真的去找過他，而且把她跟伊麗莎白的談話原原本本的講了一遍，想讓他打消跟伊麗莎白結婚的念頭。可惜事情的結果正好相反，達西先生不但沒有退縮，反而從中看出了伊麗莎白對他的情意。

6. 幸福的結局

第二天晚上，伊麗莎白把答應達西先生求婚的消息告訴了母親。班奈特太太在搞清楚家裡又有一個女兒要出嫁後，高聲的叫著：「我的老天，居然是達西先生！珍跟你相比，真是差得太遠了！一想到他在城裡的大房子、那麼多的漂亮家具、每年一萬英鎊的收入！我簡直就要發狂了！」

班奈特太太的反應說明她完全贊成這門婚事，這讓伊麗莎白鬆了一口氣，也

慶幸母親這些得意忘形的話，只有她一個人聽見。

經歷了這麼多的誤會，伊麗莎白終於明白，達西先生對她的愛是多麼珍貴，而自己又是多麼的在乎他，面對自己往後的幸福，她充滿了期待。

我發現原來我的個性是

我的缺點是

觀察自己真好玩

快快來試著了解自己

故事中的每個人物，都有各自的個性，現實生活中，每個人的個性也不盡相同，那麼，你知道你自己是個什麼樣個性的人嗎？你擁有什麼優點或缺點嗎？

現在，就請你花點時間，好好的自我觀察，並寫下來喔。優點的部分，我們要繼續保持；若是有缺點的部分，也可以學習改進喲。

我的優點是

國家圖書館出版品預行編目 (CIP) 資料

傲慢與偏見 / 珍 . 奧斯汀 (Jane Austen) 原著 ;
晴天金桔編著 . -- 初版 . -- 新北市 :
悅樂文化館出版 : 悅智文化發行 , 2018.09
160 面 ;17×23 公分 . -- (珍愛名著選 ; 2)
譯自 : Pride and prejudice
ISBN 978-986-96675-2-4(平裝)

873.57 107013494

珍愛名著選 2

傲慢與偏見 Pride and Prejudice

作　　者　珍・奧斯汀 Jane Austen
編　　著　晴天金桔
插　　畫　橘子

總 編 輯　徐昱
主　　編　黃谷光
編　　輯　雨霓
封面設計　季曉彤
執行美編　洪和悅

出 版 者　悅樂文化館
發 行 者　悅智文化事業有限公司
地　　址　新北市板橋區板新路 206 號 3 樓
電　　話　02-8952-4078
傳　　真　02-8952-4084
電子郵件　insightndelight@gmail.com
粉絲專頁　www.facebook.com/insightndelight

戶　　名　悅智文化事業有限公司
郵政劃撥帳號　19452608

2018 年 09 月 初版一刷　定價 280 元